김현순金賢舜 시집

샤갈의 물감

샤갈의 물감

自序

자연의 대상물 자체는 정감을 내비치지 않는다. 다만 그것을 보는 타자의 심정에 의하여 각이各異하게 느껴질 뿐이다.

졸졸졸 흘러가는 물은 아무런 감정도 내비치지 않는다. 심정이 즐거운 사람에게는 노래하며 흘러가는 것으로 들리지만 슬픔에 임한 사람에게는 흐느끼는 것으로 들린다.

이런 것은 사람들의 환각에 의하여 일어나는 현상들이다.

환각은 어디서 오는가? 영혼으로부터 오는 것이다.

영혼의 세계는 무한대, 변화무쌍하고 규칙과 율律이 없다.

시인이란 바로 영혼세계의 소리를 받아적는 거룩한 천사이며 시는 화자話者의 영혼세계를 동動적이면서도 환각적인 화폭으로 펼쳐 보인 산물이다. 환각적인 것은 변형과 상징을 동반하며 우리가 인지認知하며 살아왔던 기존의 틀을 망가뜨리는 작용을 한다.

꿈속에서뿐 아니라 깨어있는 상황에서도 우리의 몸은 그 자리에 있지만 마음은 순식간에 수만 가지 생각들이 두서없이 번개처럼 반짝거린다. 다만 사람들은 그것을 감추고 내비치지 않을 따름이다.

가슴 깊이 감춰져 있는 영혼의 우주는 육안肉眼으로는 들여다보이지 않는다. 보이지 않는 영혼의 세계는 환각적 다차원多次元의 세계이다. 예술가는 바로 이런 다차원多次元세계를 타자에게 능동能動적인 변형과 상징으로 펼쳐 보이는 것을 짊어진 사명으로 간주해야 할 것이다.

시도 예술의 한 형태이니만큼 그 사명은 다를 바 없다.

그에 따라 영혼의 세계를 그려보느라 애써왔다. 시의 형식을 빌은 내심의 발로, 그것이 어떤 경향이나 유파의 시로 되었든 필자와는 무관, 독자들 나름의 평가에 맡겨둘 따름이다.

김현순

차례

제1부 아틀란티스의 비명

제2부 삽화는 끼워 넣는 그림이 아니다

제3부 샤갈의 물감

제4부 가을 강

제1부

아틀란티스의 비명

상사병

갠지스강 순례자의 예절 바른 인사는
검은 베일에 몸 감추었고
긴 머리채 노을에 헹구던 아낙들
즐거운 비명소리
세월에 벌써 좀 먹었구나
앗취~! 빗물 되어 눈꽃 되어
가슴에 흘러내려
만개하는 파고다의 향연이여
멈출 줄 모르는 수틀우의 긴 눈물이여
벌겋게 드러난 생채기에
소금 한 줌 칵 뿌려놓고
발광하며 주둥이 마구 문질러대는
미친 사랑이여

기다림에 눈물겨운 사람은
가장 아름다운 고통
고름으로 짜내는 수호천사
그리고 말라비틀어진 미라의
천년 이끼 돋은 푸른 목소리

감기

꿀럭꿀럭 토해내는 시커먼 연기의 하늘
시베리아의 광야 푸닥이는
날개 달린 역사 폐를 찌른다
사랑은 달콤한 독초
회향콩 한 접시의 꿈
훈장처럼 별 달고 사진도 찍는다
보듬고 핥기를 수만 번
목구멍에 끓는 가래는 눈썹 고운 마리야
이국 소녀 이름 그리워한다

시린 머리 덮어주는 모자
두툼한 외투와 마스크
긁히고 딱지 앉은 상처 덮어준다

동인당 우황청심환 한 알이
손을 감미롭게 할 때
풍만한 가슴 헤치고
주름 깊은 얼굴 마사지해 본다

하겠으면 해라, 또…
꿀 같은 언어
간지러운 목구멍 달랜다

손

이슬 젖은 호주머니에서
심장을 꺼내드리겠습니다
묻거든
아픔이라고 답해주세요
아킬레스 발뒤꿈치는
투명한 망사면사포로 감싸주세요

난새스런 새들이 지저귐은
새벽이슬 다투어 쪼아먹으며
찬란한 햇살로 노랫가락
튕겨보기 위함이라 하겠습니다

와락 거머쥘 수만 있다면
휘청이는 허리도
마다하지 않겠습니다
이제
구겨진 주름살 쫘악 펴보세요
그대는
준비되셨사옵니까

세월 단상

얇은 세월 움켜쥐고 구겼다 편다
구김살 뱀 되어 꿈틀거린다
다시 움켜쥐고 허리에 두른다
허리가 동강 난다
끊어진 자리 노을이 춤춘다
노을빛에 담뱃불 붙이는 사나이가 있다면
바람에 기타 타는 사람 있다면
얇은 세월 고스란히 내어드리리다

키득키득…
히스테리가 하얀 손수건 꺼내 든다

약

삼천궁녀 받쳐 든 새벽이슬
진시황 목구멍 적시기에 바쁘다

꽉 움켜쥐었다
다시 펴는 거쿨진 손아귀
밤색 우주가 왈칵
토해낸
시뻘건 한숨

추적대는 가을 빗소리
천만 갈래 뜨개바늘로
계절의 팔소매 기우면

쿨룩쿨룩 기침 소리…
사립 열고 쑥
손을 내민다

함성

천년 대숲에 서린 혼이
시를 읊는다
에밀레종 소리 긴 여운
드넓은 산하에 빛발로 퍼덕인다
임금의 당나귀 귀
세월의 가락 속에 엿으로 녹아들고
하늘을 만지는 흰 구름
시야비야 말씀들은 분수없이 흩날린다
목놓아 꺼이꺼이 울던
신라의 달밤이여
풀피리 입에 물고 님 부르던 슬픈 노래여
둥기당당 세월 잡아 뜯던
충혼의 메아리여
지금은 어느 바로 깃발 되어 나부끼는가
눈빛 밝고 가슴 환한 사슴의 족속들
애타는 부르짖음은
오늘도 가리비 뱃속에 웅크린 진주 되어
추억의 나깨흙 먹는다

가는 봄 오는 봄

아주 먼 태고의 하늘
별들의 부딪침 소리 되어
이 땅에 뿌리내리고 싹 트고 꽃 필 때
바람이 노래 부르며 춤추던 사연
구름은 알았다

또 아주 먼 태고의 바다
설렘들 말씀 되어
어깨 겯고 속살 나눌 때
갈매기들 이랑 위에 씌여진 시
쪼아먹는 법 배웠다

이제는 펼쳐진 모멘트에
하늘과 바다를 적어놓아도
살아서 꿈틀거리는 생명의 약동
차 한잔 나누는 시간에도
세상은 브래지어 벗는다

클릭 세상엔 중매군이 필요 없다
말라버린 사막엔 오아시스가 따로 없다
으깨진 시공간엔
하늘과 바다가 키스할 뿐이다

환생

멍든 하늘
나뭇가지에 걸렸다

떨리는 입김 눈물 모르고
허공에 새겨진 이름
바람새 물고 간다

칠색 꿈 거머쥐고 서성인다
이별의 깃털 끝에 이슬 대롱거리고…

태양은 피 흘려 강물 불태우지만
창백한 낮달 그리움 물고
주름 늘인다

들판에 피는 꽃
하낫, 둘… 홀로
나이만 꼽는다

연기는 사라지고

하얀 재가 미쳐
장례식 올렸다

한잔 술에 산천이 노래 부르고
또 한잔에 하늘이 눈물 뿌렸다
다시 한잔은 바람이 마시고
취한 세상 눕혔다

풀벌레 소리 잠을 깨운다
나부끼는 생각 찢겨진 사랑
밤은 개똥벌레 반뜩임 주워 모아
새벽 핥았다

재는 창턱 화분통에 내려앉아
기름진
덧거름 되었다

북

피가 뚝뚝 떨어지는 세월 조심스레 벗겨
바람에 말리우고 부드럽게 이겼다

파닥거리는 꿈덩이 끌아안고
호박 속같이 노란 욕심
한술 두술 파 던져야 했다

새들의 지저귐과 이슬의 투명함
무지개의 현란함과 일월성진의 밀어…

거칠은 숨결로 말아쥐었다가 쫘악 펴서
하늘과 땅 구멍난 곳
꽁꽁 덮어주었다

가진 것 말끔히 비우고
비인 가슴으로
피 터지게 두드려댈 때
북은 비로서
비장한 목떨림 울었다

섬섬옥수 마디마다
꽃잎이 나풀댔다

돼지갈비

뱀이 되어 기어 다닌다
어떤 것은 새 되어 동네방네
훨훨 날아다닌다

세월 먹고 살이 피둥피둥 찐
돼지의 혼
해탈의 미소 목수건으로 둘렀다

내세에는 사람으로 태어나야지
구수한 냄새 염불 외운다

호주머니에서 꼬물거리던 욕심
빠꼼 고개 내민다
꼴딱 넘어가던 군침 목구멍에 걸린다

소망의 하늘
네 각을 뻗어버린다

개암 벌레

개암 한 알 깨어보니 벌레가 나왔다
통통하게 살이 오른 놈
환한 빛과의 만남 새로운 탄생

하지만
꼼지락거리는 꼴이 민망스러워
쓰레기통에 던졌다

창문 밖 먼데 하늘 바라보며
개암 벌레 같은 육신과 영혼
떨리는 손으로 어루만지다가
잠이 들었다

개암 같은 지구가 또르르 굴러다닌다
찬란한 햇빛 손이 되어
지구를 집어 든다

우주가 지구를 깨물었다
딱 소리 내며
왈칵 눈물 흘러나왔다

눈물 속엔 꼼지락거리는
추억이 있었다
개암 벌레 같은 사랑이 있었다

국화송

상긋한 향기 치마로 두르고
가슴엔 씨앗을 품었다

욕망 쭈욱 늘구어 바람에 흔들리고
이슬 곱게 털어 세월 닦았다

오고 감이 반갑고 서러워
눈 감으니
새들이 분주하게 춤추었다

졸졸졸 흐르는 시냇물에
그림자 비끼고
송송송 비치는 햇볕에
노래 따갑다

손 내밀면 꺾을 듯싶은 숨결
설레이는 들판엔
하낫, 둘… 빨간 별꽃들
기다림으로 눈물겹다

밥 먹는 소리

하늘과 땅이 누드로 교합할 때
참깨와 들깨는 고소하였다
호박꽃 수박꽃 노랗게 필 때
꿀벌의 노래는 나풀대었다

융단길 분주히 오가는 왜가리
젓가락 다리는 향기를 딛고
마주 보는 사슴의 눈빛
텔레파시로 천국의 문 열었다

만삭이 된 하루
꽃게가 집어 간다

편지

사무침이 여름 쪼갠다
수천 마리 메뚜기가 깔락뛰하며 나온다
사르르
허전함 옷을 벗었다

콧구멍 스치는 향기
바람이 꼭 집어 도화지에 붙인다
약삭빠른 놈들 부르릉 날아올라
저마다 새별 된다

불 달린 하늘 덴겁하여
와뜰, 감은 눈 뜬다
퇴색한 우표가 날개 접고
킬킬 웃는다

미친 하루가 벙어리 되어
디지털영화 감상한다

씀바귀꽃

비바람에 더욱 향기로운
이방인의
말라붙은 피고름 딱지

흔들리는 기억의 하늘에
총총 별이 빛나고
추락하는 대붕 깃털에
불이 달렸다

밟고 지날수록
더욱 싱싱하게 허리 펴는
구겨진 숨결

담담한 오늘이
버려진 둔덕 언저리에
때 묻은 이름 석 자
떨며
닦는다

희망

부서진 시간 꽈악
움켜잡은 정토
씨앗은 풀떡이는 심장에
발톱 박는다

들숨과 날숨
파랗게 살 섞을 때
쉬어버린 거짓말
꼼지락…
제 이름 핥는다

눈 감은 바람
자장가 접는다

옷 벗은 밤안개 가물가물
빨간 아픔 깜박이며
개똥벌레
별을 수놓는다

어느 새벽의 타는 진실

작은 가시가 아프다고 고아댄다
소리의 뼈는 굵다
부스럼 난 귓바퀴
좀먹은 세월
어둠은 풍산개가 물어간다

사랑은 부질없는 보석
뺨 맞은 약속 길가에 나앉아
사구려 부를 때
피를 문 들장미, 커튼 뒤에 숨어
까만 얼굴 감싼다

한숨이 재 되어 날려갈 때
바람은 자신을 키스하며
미쳐버린 하루의 가슴 만진다

그리움

실팍한 약속이 뼈 골라내어
문가에 걸어둔다
문이 열렸다 닫힐 때마다
잘랑잘랑 뼈들이 합창곡 연주한다

봄 물고 오는 제비의 부리는 노랗다
하얀 것일 수도 있다, 아픔이 살랑 물려있는…
창턱에서 맴돌던 향기
애완견 눈동자 속으로 쏘옥 들어가
네 각 뻗고 하품할 때

꽃잎 잡아 뜯으며 빨강, 빨강…
이슬은 토막난 울음
속으로 삼킨다

가뭄 든 텃밭 말라붙은 봄 달래
풀죽은 한숨 고개 쳐들면
사려문 송곳이 입술을 터친다

공백

티켓 잃은 땅땅한 기억
열차에서 뚝뚝 뛰어내린다
소스라쳐 놀란 심장
팔딱이는 하루가 딸꾹질한다

꺾어진 노래 날개는 크다
말라붙은 욕망 고개 쳐들면

담쟁이 풀, 칡넝쿨…
엎디어 기면서 사막 핥는
찢겨진 혓바닥

사금파리 거친 숨결
눈 감고 깜박깜박
편지를 쓴다

마음 울적한 날

바람이 고개 돌려 쉬어가던 언덕
눈물이 보석으로 반짝거릴 때
아침 해 빨간 울음 하얗게 토했다

버뮤다 삼각주 큰 소용돌이
높이 든 잔 속에 고패칠 때까지
갈매기 처량한 노래
거세찬 파도 위에 꽃을 피웠다

거쿨진 손바닥에 찰랑대는 하늘
참새들 노란 부리 요란스레 쪼아대니
별들 놀라서 파들거렸다
가로수 몸부림치는 시간을 열고
한숨이 기침하며 걸어 나왔다

묵상

햇빛이 바늘 되어
쏙쏙 찔러놓는 자리
시간이 혀 빼물고 할딱거린다

입가에 발린 과자부스러기
커피잔에 꽃잎으로 향기로울 때
도그닥 키보드 소리
경음악 날개 펼쳐 방안을 난다

채 닫기지 못한 수도꼭지
물 떨어지는 소리

발딱발딱 힘쓰는 고요가
꼬리 들어 하루를 때린다
아가~!
소리치는 침묵이 말이 되어 달린다

역驛

기어 다니는 햇살은 뱀이다
날아오르는 비행기는 벌레다
쉬었다 가는 바람은 행자승行者僧이다

아는 것 모르는 것 양손에 거머쥐고
만지작거리는 밀어密語
기적 소리 고동 소리 목이 터져도
한숨은 다슬은 거리를 쓴다

손을 펴면 스르르 미끄러져 내리는
풀죽은 일상
꿀 발린 입가에 향기 춤추면
역驛은 하품하며 돌아눕는다

사막 앓는 신기루
빛 물고 왔다 갔다 하는 꿈은
얼굴이 하얗다

가시의 고향

까마득한 전설 벌어지는 사이로
굴러나오는 밤알은 두 쪽
태고의 천지天地 입술 벌릴 때
해와 달은 쌍둥이였다

자담한 별들 주변에서 깜박깜박 박수 칠 땐
바람도 멋쩍어 어깨춤 추었다

손 좌악 펴 더듬는 블랙홀 어둠 물고 빛나고
엘리자베스 에메랄드 고운 순정
가을 호수 백조의 깃 빗질하고 있었다

수국향 가을 보듬으며
깔락뛰 뛰는 강시 한 쌍
굳어진 시선에 매달린 개구리 눈물은
바닷물이었다

아틀란티스의 비명

최면 걸린 목 떨림
으깨진 신들의 박수 소리
드르륵 문 여는 순간
억겁의 기적 파도로
부드럽다

손에 쥐고 고르던 염주
대서양 밑바닥에 가라앉는 순간
뚝뚝뚝 튀어나오는 섬나라 해골들…

핏빛 게임
깃발 들고
마중 나간다

숙명

두 귀 치켜든 늑대의 처절함
이끼 푸른 적막은
찢겨진 어둠의 발밑에
고독 몇 알 깔아주었다

새벽이 사품 치며 흘러갔다
잠 설친 토끼의 눈
빨간 하루의 깔락뛰

해는 언제나 동쪽에서 눈뜨지만
쑥부쟁이 몸짓은
하이에나 이빨 틈에 끼운 기억으로
여름의 가슴 만진다

앙큼한 손가락
피아노 건반의 반역이
시간을 쪼갠다

당신

박제된 아침 겨드랑이에서
이슬이 뒷짐 지고 걸어 나온다

물 핥는 송아지 눈에 피는 매지구름
햇살이 꼭 잡고 놓지 않으면
상큼한 하루가 쩌~업 입맛 다신다

숨죽인 앞치마 파도를 타고
갈매기 노래 푸닥거린다
수수께끼 부침개 식탁에 오르니
외나무다리 아래 그네 타는 바람

산딸기 땅딸기 속살거리며
누드 씹는 소리 찰칵찰칵 사진 찍는다

생명의 꼬투리에 매달린 햇살

길 잃은 물
낮은 땅 핥고
고삐 끊은 연기
옷고름 푼다

탈속 잠든
오리나무 메마른 혼
하품하는 소리
하늘 벌리면

무당할멈
방울소리…

피고름 아침이
창자腸子 꺼내여
널어 말린다

제2부

삽화는 끼워 넣는 그림이 아니다

숨바꼭질

애들이 애들이 모여서 숨바꼭질 논다
넌 대장 해라 난 졸병 할게 응 그래 그러자꾸나
아니다 네가 졸병 해라 내가 대장 할게 응 그래 그러자꾸나
애들이 애들이 모여서 세월을 나누어 가진다 꿈을 나누어 가진다
그렇게 흘러 흘러 먼지 속에 애들은 커서 어른이 되고…
무수리같이 날개를 쫙 펴고 비상을 꿈꾸는 어른들은
애들 앞에서 다시 다시 숨바꼭질을 논다
넌 졸병 해라 난 대장 할게
칫, 싫다 싫어 대장은 나야 졸병은 안 해
애들이 애들이 모여서 숨바꼭질 노는 마당에서
어른들이 어른들이 모여서 세월을 쪼갠다 꿈을 쪼갠다

이웃 사람 미스터 조

미스터 조와 나는 한시내에 살았다 우리는 모두 선비 출신이었다 치 떨리는 가난에 시달리다 못해 미스터 조는 한국에 나가 석사, 박사과정 수료하고 고깔모자 쓰고 돌아와 나의 이웃이 되었다 나 또한 사무치는 가난에 쫓기어 애송시집 몇 권 땅에 둘러메치고 퉤~하고 발로 비벼대고 인삼장사, 만삼장사 닥치는 대로 했다

헤어졌던 오랜 친구와의 만남, 이렇듯 미스터 조와 나는 서로 퍽 정다운 느낌이다
미스터 조는 나의 피둥피둥한 몸집에서 배부른 감각을 찾았고 나는 미스터 조의 빤질빤질한 이마와 먹물 먹은 언어의 빛깔에서 하루 일상의 스트레스를 풀었다

미스터는 좋다
나두 미스터가 됐으면 좋겠다
때로는 의사도 환자이고 싶듯이

그러나 살진 몸은 싫다고
가난도 미스터를 찾아가네
슬금슬금…

이웃 사람 미스터 조는 가난 있어 부럽다
미스터는 좋겠다

처갓집

나이 마흔둘에 두 번째로 장가가서
꼬끼오— 소리 한번 지르며
잡아 엎은 칠 년 묵은 화룡 류신 토종닭 몇 마리
첫걸음에 닭 잡으면 이혼한다며 사촌 처남 여국형은 야단법석
이 집에선 큰이모를 둘째 이모라 부르고 둘째, 셋째, 넷째를
셋째, 넷째, 다섯째 이모라고 부른다고 했다
촌수 벌수가 한데 뒤엉켜 범벅판을 이루는 사이
쫄깃한 닭고기는 어느새 꿀꺽 목구멍으로 넘어가고
뒤울안에선 아직 잡지 않은 닭들이 죽은 뱀을 입에 물고
질질질 끌고 다녔다
어험, 삐익 돌아앉은 장인어른은 소리 없이 술잔을 기울이고
타래쳐오르는 파아란 담배 연기 속으로
사위는 불어 오르는 아내의 남산배를 바라보며
가볍게 한숨을 토해냈다
늦가을이던가 초겨울이던가 아무튼 춥기만 했던 그날은
처갓집 술 냄새가 낮다란 굴뚝으로 퍼져나가
온 동네에 파다한 이야기로 내려앉고
음력에도 구월이라 구수한 노래는
갈라 터진 장모님의 손바닥에 난알처럼 꽈악 움켜져있었다

이별

그래서 울고 돌아섰던 날 저녁이었지
세찬 바람같이 거센 물결같이 내 청춘은 반역을 꾀했다
연길시 하남가 담배공장 뒷골목 어느 으슥한 구석
눈물 한잔 받쳐 들고 떨리는 별빛 담아 아픈 가슴 적시며
사내는 스쳐 가는 여자의 옷자락 붙잡고 노래 불렀다
사랑은 그리움의 궤적이라고 가난의 탈에 얼굴 파묻으며
그래도 사랑엔 파들거리는 불씨가 소중하다며
떠오르는 달빛에 헐벗은 마음 달랬다
바람이 일 적마다 문이 펄럭일 때마다
생채기에 비린 추억은 아픈 가시에 찔렸지
고소함 속에서도 문득 하늘을 쳐다보고 아~! 하고 깊은 한숨 토할 때면
까닭 없이 뒹구는 낙엽의 자세가 눈물겨웠지
찬바람 이슬 속에 차갑게 돌아서는 저녁마다
등 굽은 골목길엔 희부연 가로등이 외롭게 지켜보고 있었다

비 오는 날의 점경點景

강아지 이름은 깜둥이였다
목에 매단 딸랑방울이 긴 하품 하는데
열려진 사립문으로 구질구질 내리는 비가
앞마당 도마도 얼굴을 때리는 모습이 보였다
매를 맞은 얼굴 더욱 빨개지고
번개는 셔터 자주 눌러 사진 찍었다
꽈르릉 우렛소리에 놀라
동네집 자가용 고함 지를 때
신문지 펼쳐 든 돋보기가 이맛살 찌푸렸다
쾌청한 날씨라고 적힌 일기예보가 미안해
신문지 한쪽 귀퉁이 위로 밀려가고
낮게 드리운 하늘에선
거짓말 주워 담은 구름이
집 짓고 담벽 쌓았다 허물었다 하였다
켜놓은 채로 퍼들거리는 TV 화면에서
주현미 가수의 '밤비 내리는 영동교'가
흐느끼며 창밖 내다보는데
낚시꾼의 가벼운 한숨 소리
호수에 수많은 동그라미 파문
그리고 또 그리고 있었다

발가락 다섯 개 달린 양말

또 양말 한 짝을 발에 꿴다
내 양말은 발가락이 제각각이어서 양말 신은 다음에도
발가락이 제각기 자유스레 움직일 수 있어 좋았다
또 어디로 가려는가고 묻는 아내의 물음에 저 혼자 씩씩거리며
가기는 어디로 간단 말이, 바람 쐬러 가지라고 말하며 자리를
차고 일어선다
가지 말아요, 이렇게 술 많이 마시고 어디로 간다 그래요라고
말하며
각시가 잡아끄는 바람에 신랑은 맥없이 주저앉고 말았다
이렇게 거듭하기를 몇 번, 각시는 번마다 말리고 신랑은
번마다 주저앉았다
산다는 게 그렇게 서로 얽매이고 한데 묶여 사는 것인가
자문해보며
발가락이 다섯 개 달린 양말을 손에 들고 유심히 들여다본다
안돼, 자유를 찾아야 해, 라고 하며 발가락 다섯 개 달린
양말 한 짝
또다시 발에 꿴다

다른 양말 한 짝 마저 꿰고 나서려는데 말리는 각시가 없다
멋쩍었다 발가락은 제각각이어서 편한데 마음은 제각각이어서
편치 않았다
멋쩍었다
신랑은 소리 없이 양말을 벗었다
그리고 제풀에 주저앉았다

사과배

배나무 접가지는 시집가고픈 게 아니었다
최 씨 서방 중매로 돌배 총각에게 끌려가서
주렁주렁 자식들 전설로 남겼다
가을이면 목갈린 사랑이 아삭아삭…
꿈 물어뜯는다
입안에서 사품 치는 시원하고 달콤한 노래
티켓 끊겠다고 야단들이다
배꼽에 꼭지 달린 놈들
옴폭 패인 엉치로 세월을 깔고 앉아
모아산帽兒山 동네를 뛰쳐나가겠다고 한다
그러던 어느 날
세계를 뛰쳐나간 놈 있었다
은하수에 걸터앉아 뒤돌아보다가
자기를 닮은 지구가 우주를 뛰쳐나가겠다고
태양을 빙글빙글 돌며 모지름 쓰는 것을
놀랍게 발견하고는
앗! 비명 질렀다

땀방울 휘뿌려 씨앗 심던 농부
한참이나 지켜보다가
재미나는 이야기 둘둘 말아쥐고
북어 한 마리에 소주 한 병 들고
별빛 환한 만무 과원 초막집으로
쑥 들어가 버렸다
어깨 들썩이며 휘파람 불며
사과배 향기가 따라 들어갔다

귀향

털 까만 애완견 깜둥이는
슈퍼 갔다 오는 동안에도 내 발치에서
수없이 왔다 갔다 깝죽거리고
목단표 담배 손에 든 나는
공연히 신나게 휘파람 불며
둔팍한 육신 불태우고 있었다

젊은 날의 화사함 자랑하듯
햇살 한 가닥 쪼아 문 참새는
싱거운 세월 파닥거리고
삼동의 엄한 하소연 하듯
낙숫물은 똑옥 똑, 봄을 울고 있었다

낮잠 자는 고양이의 긴 하품이
눈곱 뜯는 늘어진 오후
목단표 담배 한 대 꼬나물고
나는 신나게 가야만 했다

집이 어딘가
지척 아닌가
어허, 지척엔 없구나

집밖엔 집이 없구나
집은 집을 그리워하겠구나
집을 찾는 날
집은 앙소하며 또, 송이송이
안타까움 꽃피우겠구나

털 까만 애완견 깜둥이가
자꾸 바짓가랑이 물어 당기며
가자, 가자 한다

그래 가야지
취한 듯 눈 감고 집에 들어서는 날
신나는 모나리자의 미소가
즐겁게 칭칭 육신을 휘감고
활활활 노을로 타오르겠지

가물거리는 고향 역
슈퍼 가는 길가엔
털 까만 애완견 깜둥이가 있었지
춥고 추운 겨울 가는 어느 날…

여름

올올이 드리운 햇살
바람이 달아 다니며 바이올린 켠다
반고盘古의 배꼽에 솟는 샘
하늘이 내려와 목 축일 때
벽에 걸린 온도계 염색한 알코올 농도
지렁이가 꿈틀꿈틀 38℃를 오른다
마주 앉은 여인의 살짝 열린 브래지어
숙성된 파인애플 향기가 기어 나와
콧구멍 파고든다
따분한 하오夏午 한페이지 번지는 순간
저 멀리 모아산帽兒山 기상 탑에 내리는
소낙비 소리
젊은 날의 신나는 하모니카 소리가
뻐근한 육신 마사지해 준다

희극의 끝자락에는 언제나 비극이 미소짓는다

오도 저수지 양어장 서근짜리 잉어가 낚시꾼 부른다
노래는 기포로 춤추며 수면에서 동그랗게 꽃피우고
백 원짜리 인민폐는 밤마다 즐거움에 펄떡거린다
하나, 둘 통옥수수알 입에 물고 낚시 따라 올라오는 잉어들
뜬 눈 감아보지도 못하고 엘리지의 선율 꼬리로 후려친다
먹지 않고는 못살아, 유혹이 빚어낸 우주의 철학
영국 그리니치천문대의 상공에 빛나는 별빛
삶의 철학이 찢겨져 깃발로 펄럭일 때
낚시꾼은 뾰족한 희망에 또 한 알 삶은 통옥수수 알을 꿴다
억겁 세월이 바람 속에 물결 속에 삭아 술 될 때
취해버린 마누라와 어린 딸내미의 잠꼬대
모기와 등에의 날개로 부서져 호숫가를 덮는다
지구의 오존층 구멍 뚫릴 때까지 사랑은 좀먹어라
버뮤다 삼각주 신비 베일 벗고 시집가는 날
신선의 부채는 자루가 부러지고
상서로운 구름은 오로라의 불길 속에 연소되리니
양어장 보스의 기름진 입술에 물린 가치담배가 바뀌기 전
동동이는 또 한 번 흠칫 몸을 떤다
고독과 적막이 그러안고 키스할 때
스마트폰 화면이 하이퍼로 바뀐다

아가리풍년

고래의 벌려진 입으로
새우가 들어가고 청어가 들어가고
바다가 들어갔다
지느러미 사이로 바다가 빠져나갈 때
고래는 꼬리로 바다를 때렸다
멍든 바다는 아팠지만 고래를 품어주었다
하지만 고래는 다시 바다를 삼켰다

하늘이 입 벌리자
구름이 들어가고 새가 들어가고
바람이 들어가고 세상이 들어갔다
배가 불러 파랗게 질려버린 똥똥한 지구
우주가 삼켜버렸다
우주의 입은 더욱 컸다
태양도 달도 은하수도 다 삼켜버렸다
꿀떡 삼켜버리고는 눈 딱 감고
아닌 보살 하였다

캄캄하였다
아가리풍년은 어거리풍년의 오타임을
정정하는 손이
약간 떨렸다
언어를 삼켜버린 입이 따가와
홀랑 빠져나온 틀니
물 담긴 사발에서 목욕하며
풍년가를 휘파람, 휘파람 불었다

그날의 전설엔 피가 섞여 있었다

돌멩이가 날개 달면 새
새가 날개 떼면 돌멩이
돌멩이와 새는 워낙 쌍둥이였단다.

할아버지 전설이 담배 연기로 춤추다가 창문 유리에
말라붙어 바둥대던 그 겨울날, 소년은 소녀와 나란히 앉아,
할아버지의 무릎에서 행복에 개켜 잠들어버렸지.
연기처럼 바둥대다가 사라진 할아버지, 별들 깜박이는
저 구름 너머에 숨어버리던 날…

헉, 어헉~ 소년은 힘차게 사나이로 탈피하고 할~ 하알…
소녀는 할딱이는 배암이 되어 혀를 날름거렸다.

어느 으슥한 도회지 골목길 어귀에서 자랑처럼 버티고
선 백양나무, 노란 잎들 훈장인 양 거리에 날려 보낼 때,
소년과 소녀가 남긴 이야기, 새는 하늘로 날아오르고,
돌은 날개 떼고 땅바닥에 까무러쳤다.

돌과 새의 신화는 사진 속 할아버지 곰방대에서 파랗게
피어오르지만, 소년과 소녀의 뜨거운 입술,
내일의 에너지에서 양귀비꽃으로 요염하게 미쳐있었다.

돌멩이가 새라면, 새가 돌멩이라면…
입속으로 자꾸 외우는 사이
바다가 맥주 되어 출렁거렸다.

해피투데이

민물 상어란 낱말 기억의 사전에 오르던 날, 낚싯대 둘러메고 저수지 상류 자연늪에 자리 잡았다. 바람이 노래 부르며 달려와 구경할 때 구름 깔고 앉은 하늘이 웃었다.

동동이의 움직임에 따라 오르락내리락하는 상념, 버들치 한 사발 잡는 데엔 시공 터널에 걸어둔 시계추가 최면에 걸려야 했다.

떡밥 찍어 던진 낚시 물고 매달려 올라오는 계절이 팔딱거렸다. 우리는 흡족한 허리 잡아두드리며 자리 털고 일어났다.

해피투데이…
잡은 고기 손에 들고 기념사진 찍을 때, 화면에 비낀 민물 상어, 보라색 지느러미가 깃발 되어 나부꼈다.

해피투데이…
확대경 든 세월 비틀거리는 순간 따사로운 햇살 내려와 포근히 감싸주었다. 시나브로 가는 길은 단풍이 연지곤지 찍어 바르는 가을 길이었다.

삽화는 끼워 넣는 그림이 아니다

펄럭이는 노란 치마 쪼그라붙을 때
해바라기는 속이 까맣게 타 있었다
아픈 날은 참고 견디라… 푸시킨의 시가
텔레파시를 타고 귓구멍에 꽃 피울 때
발정 난 갈매기들 파도를 타고
거품 쪼아먹고 있었다
바닥에 떨어진 반 고흐의 귀
탁구 볼이 되어 톡톡 뛰며
하늘과 높뛰기를 비겼다
짭조름한 바다가 쪼로로기 닫기 전
손가락에 발린 비린내 감빨며
십 년 묵은 빨간 와인이
뽀끔 입술 벌렸다
처녀는 처녀임을 울었다

칼

어느 아득한 골짜기 후미진 곳
버려진 이야기는 퍼렇게 날이 섰더랬지
섬뜩이는 꽃망울의 잘려나간 향기
타래 치는 칡넝쿨로 땅을 덮을 때
뚝 뚝 떨어져 까무러치는 언어의 씨알엔
노란 싹 눈 뜨고 있었다

살랑 다치면 놓칠 것 같아
꽉 움켜쥔 그리움
손가락 사이로 흘러내리는 빨간 말씀들이
바람의 등어리 칫솔질해 주었다

뽑았다 도로 넣는 시간 비록 짧지만
찢겨진 골짜기 후미진 신화는
앙금 앉은 실눈 뜨고, 시방…
백마 타고 달려올 주인
엎드려 기다린다
통촉의 함의가 함박꽃 향기로
죽여주시기를 기도한다

아침 나절

밥 짓는 냄새가 정지간에 흘러나왔다가
창문 틈 비집고 앞뜰 봉선화 꽃잎에 내려앉는다
콧구멍 벌름대는 앙코르 강아지
바람 보고 컹컹 짖는다
땀 뚝뚝 떨구는 덜 닫긴 수도꼭지
사립 열고 달려 나오는 시아버지 기침 소리에
흠칫 놀란다
간밤 폭우가 몰고 온 홍수에
촌락들 밀려갔다는 난민 보도가
매캐한 담배 연기 타고
굴뚝으로 빠져나간다
시간은 아침 다섯 시, 잠 깬 이슬이 하품할 때
동네 광장에서 집체무 추는 사람들
핏대 세운 볼륨의 지휘를 받는다
하낫, 둘, 하낫…
사지를 쭉쭉 벌리는 그림자 곁에서
싱싱한 과일이 눈치 보며 개장을 부른다

첫눈

모아산 고개 넘는 길
가깝기도 했소
쫘악 펼친 날개는 얼기라도 했소
질려버린 사랑 아픔을 모르오
잎잎의 그리움 겹겹이 쌓여
웃기라도 했소
하늘이 까무러쳐도
앙상한 가지 흰옷 입어 좋소
시름없는 강아지 골목길을 누비는데
엘리자베트 이쁜 빵
천년의 고독 하얗게 꽃피운다오
담배는 타서 재 되고
관이 향기로운 사슴의 신화
모아산帽兒山 꼭대기 기상 탑 신호등으로
계절 밝힌다오
해와 달 합방하며 시 쓴대도 좋소
나는 손가락 빨며 소주잔 기울이겠소

허리띠는 할 일 없어 꽉
겨울 동여맨다고 하오
눈 감아도 좋소
나는 타다 남은 재 되어
오늘 하루 뽀얗게
춤추겠소

벌써 사십 대

아파라
못에 뚫린 손가락 감싸 쥐고 돌아눕는 사이
도적놈처럼 살금살금 새벽이 다가오고
마흔두 해의 찬서리가
셋집 앞마당 찢어진 포대기로 덮어준다

밤새도록 창문을 잡아두드리던 꿈이 물러간 자리
빨갛게 멍든 낙엽 몇 잎 지저분한데
몰랐다
그게 내 젊은 시절 화려한 사랑이었던 것을

환한 아침
수라상에 상큼 뛰어오른 따가운 햇살 몇오리
나는 떨리는 젓가락으로 조심스레 집어
훌훌 불며
입가로 가져간다

오늘 한낮 쾌청할 건가
일기예보가
아지랑이 되어 떠오른다

당신은 누구십니까

버스 타고 겨울 들판 달렸다
들이 허연 가슴 드러내 보였다
옷이라도 입지, 감기 걸릴라
농담 삼아 한마디 던졌다
옷은 많이 입었는데요
곁에 앉은 상긋한 숙이가
깨알 같은 목소리로 쑤알거린다
빤히 올려다보는 숙이의 눈이
발가벗었다
민망하여 흠칫 떨었다
버스는 의연히 겨울 들판 달리는데
비어있는 가슴엔 눈보라가 일었다
만남의 인연도 저렇게
멀뚝한 가슴 드러내면
눈보라 이는 것일가
바람 타고 가는 인생
구름 보고 묻는다

만남

—김현순이 김현순을 만나다

또 그렇게

천년이 흘렀고…

기다리는 내 모습

보이지 않았다

북북 찢겨진 심장의 판막

하얗게 바래진 깃발 되어

하늘 끝자락에 나부끼고

대불의 감아버린 눈은

인동초 파란 향기에 취하여

사랑 노래 잠재웠다

꽃잎 피고 지고 몇만 번이던가

하늘과 땅과 바람과 햇살

이슬 되어 반짝일 때

무상함은 스핑크스처럼

야릇한 미소 지었다

아아, 차라리 웃어버립시다
그리고 잊어버립시다
툭툭 털고 일어나는 순간
웅크리고 앉았던 그림자가
함께 일어섰다

누누천년 애달픈 내 모습
아, 워낙
자신의 그림자 속에 숨어있었던 것을…

세월 저편 너머엔

깔락뛰 뛰며 기타 타는 풀 메뚜기
하늘 높고 땅 두터운 줄 알았더라면
부릉거리는 날갯짓 울음 울지 않았으리
사랑이 즐거워 토해내는 파란 숨결
바람의 파도 어깨춤 추는 마당에
휘파람 소리 신나지도 않았으리
정오의 따가운 햇살 입술 부벼대도
익어 번진 잔등에 아픔 감미롭진 않았으리
자줏빛 추억 어디 있나
천 개의 눈 둘러봐도
호주머니에서 잘랑대는 하루의 이야기
매끌매끌한 미역 냄새
껄끄러운 목구멍 부드럽게 만져주네
바다 품은 오렌지 하늘에
풀 메뚜기 노래 노을을 몰고 가네

일상

이 틈새로 찍 뱉어낸 침
바닥에 떨어져 굼실댄다
산다는 건 옷을 입었다 벗는 것이지…
장난삼아 말하는 손에
차가운 이슬 쥐어져 있다

몸부림치는 나무의 머리칼에 매달려
바람이 그네 탈 때
담뱃불이 뻐끔 어둠 지져댄다
내일을 위하여 푹 자두자는
석쉼한 목소리 알몸 덮을 때
고요가 허리 비틀며
눈굽 찍는다

산다는 건
벗었다 입는 것이지…
함께 누운 그림자가
버릇처럼 되뇌인다

제3부

샤갈의 물감

밤비

이미 빛을 잃었다
슬픔아 토막 나서 뒹굴어라
뒹굴다가 투닥투닥…
찬란한 지옥의 문 노크하라
목구멍 마사지하는 섬섬옥수
보드라운 가시가 있었구나…
차렷하고 세월이 벌 받는다
추억은 이미 깨어 있은 지 오래다
고요 젖은 마음 비틀어
피고름 짠다
이 틈새로 찌익…
그리움이 사정한다
밤이
억수로 곱다

옛날

머리 반쪽 도깨비
먹다 버린 씨나락, 싹틀 때
쌍가풀진 가슴 문 열고 손님 맞는다
허공 뚫고 쏟아지는 달빛
언어의 채찍 아래 팔딱거린다
파란 연기 춤추는 조상할배 대통꼭지
도토리 익는 냄새가 눈 동그랗게 뜨고
골목길 여기저기 달아 다닌다

샤갈의 물감

풋풋한 입술 만지는 아침
햇살의 잔등에 기지개 켜는 노을
세수하는 자욱마다 피어나는 나팔꽃 메아리
새각시 뱉어버린 기침에 콜락, 피 묻으면
잘랑대는 시간 호주머니에 쏘옥 숨어버린다
물안개 옷 벗는 물녘 억새풀
헤엄치는 송사리, 지느러미가 훔쳐보고 있다
또 한 장 책 번지면
도깨비나라 옛말 머릿발 풀고
하얀 바람 옷깃 잡고 빼소니친다

밀어秘语

흩어진 어둠 꽉 움켜쥔다
하얗게 질린 침묵 위 돌이 굴러간다
입 벌린 블랙홀
깜박이는 별, 빛 접고 떤다
네모난 우주 우윳빛 함성
흐물대다가 너울대다가 솟구치다가…
꽃게 되어 지도워 바다 건넌다
숙취한 경음악 모기 잔등에 실려
티켓 물고 발레 추면
깨어진 호두알 속에서 굼실굼실
복사꽃 연정 붉게 토하며
창백한 아침이 꼼지락꼼지락 기어 나온다

교감

북 치던 손 어둠 핥는다
하루만의 사랑 릴케의 시가 웃으면
피고름 진득한 홀아비 헛기침 소리
안경 건 볼륨, 조간신문은 벌써 목이 쉬었다
일기예보가 손 쳐든다
오늘은 더웠다 추웠다 개었다 흐렸다…
할 것임

상념

싹둑 잘린 아픔
보석이 반짝인다
기타 줄 잡아 뜯는 섬섬옥수
팔딱이는 심장
말씀들이 모닥불 찾아
다비식 올리면
하수도 구멍에서
꿀럭꿀럭
어둠이 기어 나온다

아픔

매운 냄새 뚝뚝 떨어진다
여민 옷깃 헤치면
장밋빛 심장
손톱이 들이박는다
웃음 걸러내어 빚은 독한 술
한잔 두잔 마시면
추억이
옷 벗는다

독백

하룻가 싹둑
잘려나간다
멀리서 들려오는 파도 소리
지구 돌아눕는 소리
밤새의 집게 부리에서
이슬이 팔딱거린다
꽃가루 뒤집어쓴 고독
독침 가진 꿀벌
밤새도록
붕붕거린다

낮달

창백함이 머쓱하여 얼굴 돌린다
부끄럼이 빨갛게 노을 들썼다
곁에서 호기심에 찬 애들이 하나둘
새별눈 뜨고 지켜본다
구름이 왔다 갔다 하늘의 낙서 지운다
새들이 재재재 신나게
떨어지는 낙서조각 주워 먹는다

밤 부르는 산사山寺의 목탁 소리
신나는 귀신들의 탈춤
낮달은 어둠 쥐어 바르고
밤달이 되었다

프로필 사진

끝없이 뻗어가는 파란 줄기에
하얀 꽃 다닥다닥 나비 되어 앉는다
아라비아사막의 가시 돋친 선인장
오아시스는 건배 외친다
하오夏午의 머리칼 바람이 빗질하면
헝클어진 새색시 알몸으로 다가오고
흔들어대는 향기 아이스박스로 포장된다
낚시꾼의 눈앞 빨간 동동이
오르락내리락 간들거릴 뿐

실면

산이 로봇 되어 춤춘다
태양이 마스크 걸고 재채기한다
하낫, 둘, 셋, 넷…
수자는 흔들거리는 시계추
버뮤다 삼각주가 팽이 되어 돌아간다
빠져든다 솟아난다 뒹군다…
꽉 감을수록 더욱 동그래지는
노란 달걀자위
똑딱 똑딱 똑딱 똑딱…
길고 질긴 생명
확 비틀어버리고 싶은 미쳐난 어둠 속에서
시래기 입에 문 아침이
비틀비틀
걸어 나온다

못말리는 날

구겨진 한숨 지도 펼쳤다
옥으로 반짝이는 눈물, 탑을 쌓았다
뻐꾹새 새벽 노래 메아리로 주렁질 때
신이 내린 두 잎 사랑
호랑나비 잔등에서 춤추었다
햇살의 따사로움, 바람의 부드러움
열린 가슴엔 별빛 물결치고…
휘파람 부는 시간 도적
방울웃음 손에 쥐고 잘랑잘랑
흔들고 있다

고향

하늘이 푸르러 돌아눕고만
등 굽은 산자락
푸른 이끼 들쓰고 잠들어버린
묘석 하나
석양에 가물거리는 그림자
너울너울 세월 춤춘다
헝클어진 머리 추스르며
귀가하는 아낙네 이마
근심 자랑스럽다
문을 열면 꼬리치는 삽살이
외로움 헐떡이며 분주히 맴돌고
하나둘 떠오르는 저녁별
구멍 난 가슴에 보석으로 빛난다
대안 찾아 노 젓는 돛단배
곰삭은 닻줄에 피어난 소금 꽃
어루만지는 밤 향기…

사향思鄕

이끼 푸른 바람벽

노크하는 빗줄기

뭉텅뭉텅 뜯긴 게살이 구겨져

비릿한 바다 재운다

레스토랑 잔잔한 음악

가슴 흔들어댈 때

겁 질린 가로등 어둠 보초 서고

칼잡이 노련한 솜씨

팔딱이는 아침 회 뜨고 있다

첫날 색시 얽은 얼굴

면사포가 가려준다

살얼음

먼지 낀 한낮의 소음 골목길 에돌아
볼륨 면도칼 집어 들었다
파랗게 질린 하늘 구름으로 얼굴 가리는 사연
깃 치는 파도가 소리 내어 읽는다
발 시려 들었다 놓는 참새의 눈동자
팔딱이는 바람의 난무
벌겋게 핏발 선 저녁이 와뜰 놀란다
말 잃은 손가락 도망치는 바람 움켜잡았다
까다닥 부서지며 베어지는 소리에
비릿한 하루가 사르르 얼어붙는다

소풍길

떨리는 별빛 바람이 덮어줄 때
백사장 발자국 파도가 지운다
열려진 판도라의 궤에서
풀 메뚜기 고함소리 뛰어나오면
지심 삼백 미터 황천길
사리舍利 굴리며 합창하는
혼불들 성수난 빛
바오바브나무에 만개한 비밀
손 쑥 내밀어 사막 어루쓸 때
하늘이 내려앉으며
파랗게 까무러친다

명상

꺾어진 하루

심장이 쪼로로기 열고 걸어 나온다

어둠 지져대는 촛불

아침이 왈칵 피 토하니

천년이끼 주먹 들고

치마폭 헤친다

하야下野

눈물이 얼어 터진다
소록소록 부서지는 숨결
빨간 향 등을 돌리니
겨울이 채찍 든다
찢겨진 고막 피리 부는 동안
먼 데서 들려오는 우렛소리
묵은 밭 풀 뽑는 손등
터진 입술로 부비어댄다

봄비

자박자박 다가오는 할딱이는 숨소리
바람이 기웃거리며 파문 새긴다
뽀얀 면사포 들어 올리니
해와 달 떼어 닮은 눈동자
나래 접고 하늘이 재채기할 때
풀 먹인 광목 이불안 서걱대는 소리
푹 삭은, 날씬한 방귀 소리도 섞여 있었다

인생

꼬불딱, 빠져나가는 꼬리
불 달린 바람, 별을 식힌다
쿨룩대는 아침의 입가
초경 치르는 저녁노을의 쑥스러움
망사수건 안개에 가려져 있다
어둠이 빗질하는 하늘길
침묵으로 피었다 지는 구름
허리 꺾인 시골길, 드러난 배꼽
알 쓰는 잠자리 날개도 결국엔 망사, 망사…
나풀대는 수건이었다 가발假髮이었다

꽉 움켜쥔 지구
미꾸라지라는 당초當初의 이름이
작은 손아귀에서
팔딱, 팔딱거렸다

도시의 별명

헤엄치는 창窗
까무러쳐 흐른다
재즈음악에 얻어맞은
귀신들 나체군무
우주의 피고름 와인잔에 받아들고
우라, 우라~! 높이 외친다

눈 감은 대불大佛의 손
바람 소리 새소리 물소리
걸러낸 사리舍利

낙엽 덮인 거리, 청소하는
사십 대 아줌마 손에 쥔 참대 빗자루
쫙 펼친 가시들, 써억 썩…
칼 가는 소리 새벽 깨운다

주스가 그립습니까

우주가 팽이 되어 뱅글뱅글 발레 춘다
삼복 철 무더위 선풍기 날개 끼어 비명 지르면
개띠 해 여름 북빙양 빙산 녹인다
산타 마리아 정원에 피어나는 리라꽃향기
현인 가수의 목 떨림 타고 잔등 적실 때
칼잡이 도마에 생선 되어 펄떡이는 핏빛 아침
그림자 베고 누운 도시 길게 하품하는 순간
찰칵 소리 내는 셔터 거품 물고 혼절한다
구름에 빨대 꽂은 세월
시간 빼먹고 헉, 헉… 살이 빠진다

알레고리

이슬 문 언덕 소스라쳐 깨어난다
향기로운 방귀 노랗게 뀌고
얼굴 붉히는 백일홍
비사秘史의 진가眞價 코 막고 만진다

재채기하는 하늘
한숨 뽑아 색칠하면
가시 굽혀 가려운 일상
잘려나간 혀 나불거린다

꿈

찢어진 오로라
토막 난 비를 받는다
주춤하는 하루 칫솔질한다

껑충 뛰는 콧구멍
냄새의 갈기 틀어잡으면
발버둥 치는 냄새 비린 어제

복사꽃 보듬는 오렌지 사랑으로
딸깍
시간을 연다

인생 그래프

주둥이 할퀴운 재떨이
피 물고 아침 턴다

막걸리 절은 속살 파들거릴 때
미궁 덮은 무지개

백골이 저벅저벅 걸어 나와
술 마신다

인내

펼쳐 든 그물에 파닥이는 노을
신기루 고뿔 앓는 핸드폰 메모리
인동초 파란 향 얼어붙는 시공 터널
타임머신 시린 입김은 돌이었다
에메랄드 사정射精하는 숨소리
보석 명멸하는 별이었다

미로

팔 벌려 허공 쫓는다
쩌— 억 두개골 쪼개고
잣씨 한 알 심으면
바람이 날개를 편다

시골서 도회지로 가는 길
눈 감은 오선보엔
감자꽃 하얀 눈물
움켜쥔 주먹에 싹이 튼다

적막

어둠 접어 촛불에 댄다
주춤대는 미소 사립 열면
애꾸눈 별무리…
청룡도 비껴들고 말 달려 웃으며
끈적진 사랑
달빛에 굽는다

각시의 추석

그리움 엮어 짠
각시의 손수건
뿡— 기적소리 목쉴 때
국화꽃 빨갛게 구겨져 있었다
님 오실 길은 바다 수만 리
갈매기 울음 피 물고 춤추면
노을빛 등에 지고 돌아서는
고깃배 한 척
추석달 환한 얼굴
각시는 떨며 만졌다
하얀 손가락 사이로
흘러내린 달빛
새벽 울바자 틈사리 귀뚜라미 소리로
귀뚤귀뚤
슴새들었다

고요의 깃털 날릴 때

하늘나라 사람들 총총히 모여 앉아
뻐끔뻐끔 밤을 태운다
지상에선 할 일 없는 반딧불
뻐끔뻐끔 담배 피운다
쉰내 나는 코골이 가랑가랑 정주간 흔들면
마당에 우두커니 지켜선
오얏나무 한그루
살랑살랑 몸 흔들어 부채질해 준다
연기들 한데 모여 은하수로 흐를 때
차가운 달빛 흠칫 몸 떨며
스러지는 밤 일으켜 세운다

수수께끼 괴춤엔 장미꽃 한 송이

모래가 파리 되어

밥상 위에 내려앉는다

환각의 하늘에서 내리 꽂히는

비행기의 날개 불이 달렸다

블랙홀의 눈물 닦아주는

모나리자 미소

아라비아사막 신기루의 비밀은

바다가 삼킨다

쪽문이 열린다

기억의 먼먼 뒤안길 환히 밝히는

도깨비 이빨 춤추는 카브라

방귀 뀌는 어제가

소리의 새벽을 덮는다

애가哀歌

겨울에 내리는 비
반질반질한 얼음판 위로
영하의 온도가 마스크 벗으면
구름 너머 까무러친 눈꽃
양배추 애벌레 몸뚱아리에
나비 되어 내려앉는다
가신 님 긴 꼬리가 거리를 쓴다
빠져나간 이불안
돌아누운 그림자의 향기가
꿀럭꿀럭
오렌지 하늘을 토한다

별의 반역

바람의 물결에 적시는 이마
갈대의 흐느낌은 속이 비어있었다
뻗어버린 그림자 허영虛榮의 입맛
고독은 가시 펼쳐 어둠의 잔등 만진다
빛의 허벅지 꼬집는 치맛자락
미움 깔고 덮고 누우니
조각난 전설, 소스라쳐 잠 깬다
안개 덮인 우주의 작은 발
반짝이는 하늘 딛고 서서히 움직인다

야차夜叉

모나리자의 미소 벗겨내고
몸살 앓는 시간의 배꼽에 불 밝혀
별인 체하였다
구름 사이로 하늘이 꺼져 내릴 때
허리 비틀어 쿨룩쿨룩 빨간 한숨 토했다
화살 맞은 쑥국새 울음에
찢어지는 아비, 어미, 할애비의 혼
등잔 심지 올리는 손이 움켜쥐었다
해파리 몸뚱이처럼 하얗게 질려버림은
부엌 아궁이 갓 지핀 불빛 뒤에
꼬깃꼬깃 감춰두었다

밤은 밤이라서

돌이 나를 겨냥한다
깨져버린 나는 없다
없는 나를 돌이 겨냥한다
파닥거리는 개똥벌레들
생각의 날개에 불 달고 껌벅껌벅
우주의 연기가 돌을 감싼다
곁에서 사진 찍는 잔별들의 아우성
조간신문 톱기사에는
돌이 깨져있다고 적혀있었다
부서진 꽃병이 그림자 말아쥐고
모닝커피 들고 있었다

제4부

가을 강

그림자 · 1

어둠이 목 조인다
아수라의 혼 누드 흔들어댄다
생각 더듬는 손은 여섯 개
입 달린 꿈은 세 개
밤색 하늘 밝히는 등불 수에 따라서
새 되고 물고기 되고
번개 된다
감았던 눈 와짝 뜨는 대불大佛의 자비慈悲
해 뜨고 달 지는 섭리의 언덕
웃으며 타래치며 오늘을 다비식 하면
그림자는 홀로 고사목 되어 서성인다
하늘 울고 땅 통곡하는 날
범종 법고 어우러진 음악에
흐뭇한 아침 해 들여다볼 때
젖은 그림자
오로라의 빛발로 미쳐버린다

그림자 · 2

반역한 지는 오래다
눈이며 코며 입은 검은 면사포에 가리우고
어둡길 기다려 도망칠 채비 한다
힘있게 꽉 틀어쥐는 손아귀에서
너는 미꾸라지가 되어 빠져나간다
어제 오늘 내일이 벙어리 되어
똑도궁 똑도궁 목어 두드려댄다

그림자 · 3

반뜨이는 이슬 속 무지개는 곱고
바람 속 소리는 처량하다
부용의 뿌리 길고 길지만
어여쁜 향기 천겹 보듬는다
이름 석 자 부리어놓고 육신 빗질하면
시주의 넋 부처님의 은총으로 잠들고
보드랍게 내리는 산사의 안개비
사리舍利 물고 염불한다
방울방울 망울 짓는 세월
다가오는 어둠, 불 밝혀 훑아볼 일이다

그림자 · 4

내려놓으니 홀가분하다
창백한 기다림 까무러친 얼굴 어루만진다
쉰한 송이 깨달음의 꽃
부끄러운 과거래사 향기로 덮어준다
먼 옛날 하늘 귀퉁이에 걸려있던
아름다운 노래의 흐느낌
투닥투닥 빗방울로 마음 두드린다
별 흐르고 물 흐르고 바람 흐르는
허겁의 언덕에 옷자락 나부끼면
고개 뾰족 내민 죽순들
쭉쭉 마디 늘군다
부질없음이 파랗다

고개 · 1

구수한 땀방울
바람은 손결이 부드럽다
사랑은 쑥부쟁이
움츠린 순종
몽실한 가슴 만진다

재잘대던 새들은 목이 쉬어라
초싹이던 꿈자락 눈물 되어 흘러라
밟고 선 숨결, 왈칵
즐거운 신음 토하면

칠색단 날리며 무지개 춤춘다
아롱진 햇살 역모로 정답다

꿀 발린 입술, 조심스레 세월 벗기면
내일의 언저리에
소금꽃 돋는다

고개 · 2

한올 한올 근심 쌓여
사랑 이루니
반짝이는 보석

바람 타고 가는 곳
허공 노크하니
깃을 편 목탁 소리
풀 메뚜기 보듬는다

부용의 도고함
천년세월 꽃피워도
고향과 타향 비비꼬아
심지 만들면

하루의 건가래 핏속에 끓고
타오르는 믿음 향촉을 달군다
가물거리는 등잔불
그을음 세월을 녹인다

고개 고개 고갯길은

여든한 고개

굽이굽이 굽잇길은

사리 절렁대는

백공 여덟 고개

길 · 1

하늘과 땅이 처음 열리던 날
낮과 밤 등 돌렸다

바람은 세월의 이랑에
장미꽃 한 송이 심고
허리 굽은 농부의 기침 소리
멍든 새벽 각혈 소리

해가 뜨고 달이 솟고
별이 반짝이고…

단정한 머리는 희망에 붉고
가슴 하얀 두루미 사랑 노래

눈꽃의 차가운 향기
벗어놓은 그림자 덮어줄 때
어디선가 들려오는 파도 소리
귀를 열었다

떨리는 들숨과 날숨 사이를

길이, 꼬리치며

저승과 이승 사이를 드나든다

왔다 갔다 한다

길 · 2

잠든 호수의 꿈은 아련하여라
소잔등에 실린 풀피리 소리
실실이 보슬비에 흠뻑 젖네

타는 세월의 발바닥
살살 간질구니
앞니 빠진 스캔들
누드로 춤추네

아춰, 재채기 한마당에
와뜰 추억이 놀라고
그리움 살살 부채질하니
아침이 빨간 혀
홀랑 내미네

안녕하세요?
내일열차 출발입니다

동래사東來寺에서

똑똑똑 세상 두드리는 소리
비밀이 응고되어 목어木魚로 단단하다
입가에 감도는 염불 소리
땡초의 머리발 잡아 뜯는다

사찰의 청고함 범고소리에 깃들고
허깨비 도깨비 운판 그늘에 잠들면
노승의 감긴 눈등 연꽃 그림자 처량하다

나무관세음…
석탑 층계에 허리 꺾인 낙엽
반뜩이는 이슬에 공손함
껌 되어 묻어난다

하늘 땅 합장하는 가운데
해 달 별 숨바꼭질 신나고
아수라의 기침 소리
허허벌판에 사리로 빛난다

인연

고향이 어디냐 묻길래
멈춘 곳 가는 곳이라 일렀더니
지나가던 하늬바람
터진 입술 만져주었다

사랑도 짐이라
흔들어 뿌리치니
봄이 저만치
할딱거렸다

옷 벗은 나뭇가지
눈꽃의 입맞춤

풍경소리 합장하니
빛으로 다가서는 아침
고요한 바다가
손바닥에서 넘실대었다

가을 강 · 1

몸부림치는 통곡 눈물 닦은 뒤
걸음 멈춘 구름의 옷섶엔
조각난 하늘 재채기하고 있었다
국화 향기 나부끼는 깃발 끝에
까무러쳐 누운 아침의 그림자
잠자리 날개에 말라붙어
이슬의 모퉁이 파닥거린다
땀구멍으로 발발 기어 나와
빨간 고독 흔드는 침묵의 호각소리
질펀한 하루가
옷고름 풀면
담뱃불이 빼끔
노을 지진다
사품 치며 뒤돌아보는, 고독은
비린 내음 풍기는
수염 깎은 바람둥이…

가을 강 · 2

서리 맞은 나뭇잎 까무러쳐 웃는다
영혼들 활개 치는 모습
바람이 안고 간다
아우성치는 거리의 소음
귓구멍에 꽃으로 만개하라
보리수나무 겨드랑이에서 미소짓는
태고의 전설~!
팔 끼고 깔락뛰하는 그림자 입술엔
싸늘한 휘파람 화사花蛇 꼬리로 감겨있다
눈 뜨면
흘러가는 냇물에 단풍잎 얼굴
연지곤지 내음이 빛 한데 모아쥐고
잘랑잘랑 흔들어댄다
최면 걸린 아침이
길게 하품을 한다

낙엽

떨어져 굽은 등 바스락
흐느낄 때
햇볕의 타는 입술
발등 덮는다
사무침 서성이며 휘파람 불기까지
울긋불긋 나래 편 기억들
으깨져 보석으로 영근다
태고의 그리움 별빛으로 할딱거릴 때
바람의 배꼽에 피어나는
간지러운 시간들
하낫 둘… 손가락 꼽는 순간
핏빛 구름 태질하며
환생의 옷고름 푼다

거울 · 1

한 장 유리 뒤에 숨어
비실비실 웃으며 손 내민다
해탈의 미소 두르고 승천하는
보안 개암벌레

지축 끊어지는 굉음에
터진 고막 사이로 흘러내린 피고름

할딱거리며 벅벅…
세상의 귓구멍 손톱 살려 긁는다

거울 · 2

먹은 것 꿀럭꿀럭 토해낸다
어제오늘이 호주머니에서 잘랑거린다
박제된 시공 터널 시나브로 열려있다
가로막힌 블랙홀
들숨과 날숨 거머쥐고 아픔 닦으면
뇌혈관 대동맥에 열쇠 꽂은 상념
알코올중독 알람 적색 안개로 덮어버린다

거울 · 3

헤쳐진 옷섶 입맛 다시는 사이
보얀 욕망 위 피어난 향기 두 점
쓸어 핥는 세월 키스한다

주홍빛 입술 사이로 내다보이는
가쁜한 약속
햇빛 상냥한 아침 꽉 깨물으니
나래 편 젊음의 깃털
아수라의 탄탄한 팔뚝마다 뿌리 박고
욕망의 깃발 나부낀다

거울 · 4

감옥이
세상 가두어 넣는다
미라 말라빠진 향기
구름장 집어 천겁 미소 닦는다

성난 사자 포효해도
빠져나오지 못하는
찢겨진 소리

꼭 빼어 닮은 아담과 이브
피비린내 낭자한 고기 노랗게 구워도
꽁꽁 갇히운 냄새

짤라당 허무 깨어지는 날
세월은 눈 딱
감아버릴 것이다

부활 기다리는
스핑크스 부스럼 난 한숨
피라미드 앞에서
뒷짐 지고 서성거릴 뿐이다

초겨울 · 1

대청구大靑沟 영마루 백설의 누드
수심 깊은 안식은 돌 틈이었다
비행기 기침 소리 깃털 속에 잠재우며
눈 감은 커피잔 이슬 빛었다
문득 팔굽 잡아당기는 이가 있었다
돌아보니 눈썹 파란 봄이
책 속에서 발볌발볌 걸어 나왔다

초겨울 · 2

간밤 온다던 눈은 아니 오고
비 내린 골목길엔 지저분한 낙엽만
볼이 붉었다
싸늘한 바람 거리를 쓰는 순간
외투깃 올리고 아침을 디뎠다
빠져나가려고 몸부림치는 시간이
등굣길 다급한 딸내미 호주머니에서
고개 쏘옥 내밀고
노랗게 질려있었다
시나브로 물러서는 계절
숨죽여 휘파람 불 때
담뱃불 붙이는 라이터가
홀로 따가워 했다

스캔들

잘려나간 혀가 귓구멍에서 훌락거린다
볼타구니의 땟자국
구름의 흉내는 하얗다
초저녁 어스름 속눈썹 내리깔 때
붓끝에 매달린 꽃망울의 자위自慰
달빛의 애무가 사알살…
발바닥 핥으면
숨 넘어가는 신음소리 바람 껴안고
골목길 팔거리
기웃거린다

파도 할퀴고 간 바닷가, 웃통 벗은 모래톱
꽃게의 발자국에는
찝찔한 거품이 말라 있었다

재혼

금 간
청자기의 꿈

천년세월 삭혀
걸러낸
막걸리 한 사발

향기 자욱한 복사꽃 연정
팔딱이는 금등잔 쌍심지 한결 돋워 주고
헉, 어헉~ 즐거운 신음소리
새벽 창가에 나락으로 내려앉는다

이른 아침 가장자리
간밤의 신음 소리 신나게 까먹어대는
분주한 참새들의 낙서 마당

짹짹짹…
요란한 재즈 음악이
뜨락을 메운다

겨울비

전생에 지은 죄 두려워
숙명 물고 떠는
바람새 빨간 부리
각질 벗는 소리

황천 가는 길
탈춤 추는 허망함

수족 채운 쇠고랑
절렁절렁
삭아 떨어지는
소리…

생명

남자의 유두에서
뽀얀 물이 흐른다
이동하는 사막의 정액엔
뿌리가 없다
가시 뽑힌 선인장의 넌덜거림
밤 맞는 여인의 아랫도리는
따스하다고 한다
치맛자락 안에서 남자의 구름이
벌새 되어 파닥인다
맨손의 그림자가
사막 거머쥐고, 저벅저벅 걸어 나와
빨랫줄에 걸어놓는다

한국시문학

샤갈의 물감

발 행 일 · 2019년 1월 15일

지 은 이 · 김현순金賢舜
표 지 화 · 김 천 정
펴 낸 이 · 박 종 현
편 집 장 · 박 옥 주
펴 낸 곳 · 세계문예

등 록 일 · 1998년 5월 27일 (제7-180호)

대　　표 · 02)955-0071　편 집 부 · 02)995-1177
영 업 부 · 02)995-0072　팩　　스 · 02)904-0071
주 간 실 · 02)995-0073

E-mail · adongmun@naver.com
· adongmun@hanmail.net
Homepage · www.adongmun.co.kr

(01446) 서울시 도봉구 도봉로 109길 78

ISBN 978-89-6739-140-9　03810

이 도서의 국립중앙도서관 출판예정도서목록(CIP)은 서지정보유통지원시스템 홈페이지(http://seoji.nl.go.kr)와 국가자료종합목록시스템(http://www.nl.go.kr/kolisnet)에서 이용하실 수 있습니다.(CIP제어번호 : CIP2018042632)